山羊之歌

中原中也诗选

〔日〕
中原中也 著
赵甲 译

江苏凤凰文艺出版社
JIANGSU PHOENIX LITERATURE AND ART PUBLISHING

中原中也

Nakahara Chuuya

1907—1937

目录

山羊之歌

『秋』

『羊之歌』

往日之歌

『往日之歌』

山羊之歌

「山羊の歌」

〔初期诗篇〕

春日黄昏

白铁皮屋顶啃食着脆饼
春日的黄昏面目安宁
低手投球扬起暮霭沉沉
春日的黄昏寂静无声

啊！稻草人消失了吗——或许没有
马儿在嘶鸣吗——或许没有
唯有月色皎洁光润
多么温顺　这春日的黄昏

原野被染上庙宇的红
载货马车的车轮　油已耗尽
我如果谈论起古今
天空和群山　会放声嘲笑

一枚瓦片　被掀起
这春日的黄昏
默默地　涌动
在我的　静脉血管中

月

今夜的月分外哀愁
疑惑布满养父的眼眸
时间是沙漠中流淌的银波
老男人的耳畔萤光闪烁

啊　在被遗忘的运河两岸
胸中还残留着战车轰响
从生锈的铁罐中取出烟草
月慵懒地吮吸着

七个仙女围着它
踮起脚尖不停地舞蹈
向着被污辱湮没的月心

但也无法给予丝毫安慰
散落在远方的星星啊!
月正等着你的刽子手

马戏团

经过多少年代
　　有过茶色战争

经过多少年代
　　吹过冬日疾风

经过多少年代
　　才有今夜一番殷盛
　　才有今夜一番殷盛

马戏棚高高的梁木
　　悬着一架秋千
看不太清的秋千

倒立着垂下手
　　在脏棉布棚顶下
摇哟　摇哟　摇哟摇哟

近处亮着白色灯光

廉价丝带来回飞荡

看客都是沙丁鱼

喉咙发出牡蛎般的鸣响

摇哟　摇哟　摇哟摇哟

屋外一片漆黑　黑暗浓稠

夜色如同深渊

那降落伞般的乡愁

摇哟　摇哟　摇哟摇哟

春夜

熏银窗框内温婉的
　　一枝花，桃色的花。

月光下失了神
　　庭院里星星点点。

啊，没什么没什么
　　树木羞赧地晃动。

在无声的躁动中
　　没有希望，也没有忏悔。

唯有山野虔诚的木工，
　　梦中闪现商队的脚步。

窗内是清新的、朦胧的
　　砂色的绢衣。

心中轰然响起钢琴鸣奏

先祖已去，父母也消逝了。

从埋葬家犬的地方
喷涌出鲜红花朵的
春夜啊。

晨歌

天花板　染上朱黄
　　门窗缝隙　泻入晨光，
回忆起　粗鄙的军乐
　　无所事事　有些无聊。

听不见　鸟儿吟唱
　　今日天空　几抹淡蓝，
人的心啊　满怀倦怠
　　再无什么　可以慰藉。

树脂芬芳　清晨烦扰
　　各色的梦　已经消散
林间　是否有风在鸣响

静谧安详　天空浩荡，
　　沿着河堤　是否都会逝去
那美丽的　各色的梦。

临终

秋日天空深灰
黑马眼瞳明亮
　　水枯后百合凋落
　　啊　心也空空荡荡

既无神明也无指引
窗前的妇人已然死去
　　苍白的天空刺目
　　苍白的风冰冷

她曾在窗旁洗发
双手轻柔优雅
　　那时朝阳倾泻
　　水声清脆滴答

街市依旧喧闹
夹杂孩子的笑声
　　可是　那魂灵又将如何?
　　淡淡地　化为一缕清风?

都会的夏夜

月亮像天上的奖章，
街角建筑像管风琴，
玩累了的男人唱着歌归去。
——衬衫领子皱皱巴巴——

他们的嘴张得很大
心里藏着些许感伤。
头脑变成暗黑土块，
只管啦啦啦地唱下去。

生意的事，家业的事
并没有忘记，
这都会夏天深深的夜——

把废掉的火药深埋
即便眼里渗入街灯的微光
还是要啦啦啦地唱下去。

秋之一日

此般清晨，迟起的人们
狂风吹打门窗和车轮声响，
在塞壬[①]栖居的大海中浮沉。

夏夜与摊贩的对话，以及
建筑师的良心不复存在。
一切都是古旧历史，以及
彼端地平线花岗岩般的色彩。

今晨一切顺从在领事馆旗下，
除了锡、广场、天鼓[②]我一无所知。
未留意软体动物的嘶鸣，
屈身在公园的紫影，婴孩将沙子吞入口中。

（水色的月台以及
吵闹的少女、嬉笑的痞子
不要　不要！）

手插进衣兜

穿过街巷，来到码头
与我今日的灵魂相契合
不如去找寻布的碎屑。

① 塞壬，古希腊神话中的海妖。

② 天鼓，能乐的曲名。

黄昏

晦暝阴沉的池面，
莲叶聚拢摇曳。
莲叶笨拙
发出簌簌声响。

声响动摇我心，
目光追随明暗天际……
沦陷在漆黑山峦
——失去便不再得。

何谓伤怀，莫过如此
草根之味侵入鼻翼，
田中土石一同将我凝视。

——以至我无心耕作！
怅然伫立于黄昏，
父亲无端浮现，我便向前一步、两步。

深夜之思

这泛起泡沫的石灰
逐渐干涸
迅疾的——天真女孩的哭泣，
皮包匠妻子在暮色中抽噎。

林间的黄昏
饱经沧桑的母亲。
虫子飞舞在树梢，
像婴孩跳着滑稽的舞蹈。
卷毛猎犬消失不见，
猎人在一旁猫着腰。
临近森林的草地
　　变成了坡道！

玛格丽特[①]走向漆黑海滨
面纱在风中化为齑粉。
她的肉身必须跃入，
大海——庄严如同天神之父！

悬崖之上，她的上方
精灵描画出怪异纹路。
她的回忆仍指向伤感的书房
她不得不即刻奔赴死亡。

① 玛格丽特，歌德《浮士德》中的女主人公。

冬季雨夜

裹挟冬季的黑夜
骤雨滂沱不歇。
——枯蔫的萝卜阴惨，丢在夕阳残照里，
彼时还好的天色——
如今裹挟冬季的黑夜
骤雨滂沱不歇。
传来夭折的少女们的哭泣
aé ao，aé ao，éo，aéo，éo[①]！
在雨中回荡
不知何时已经消失，那乳白的冰囊……
如今裹挟冬季的黑夜
骤雨滂沱不歇，
我母亲的细绦带
也被雨水冲刷，散开
人世种种温情
终究只是这一抹橘红？……

① 日文罗马音，表示哭泣声。

归乡

廊柱和庭院都很干燥
今天天气很好
　　廊檐下是蜘蛛的巢
　　不安地摇晃着

山间的枯木也在喘息
啊　今天真是好天气
　　路边的草影
　　滋长着纯真的愁绪

这便是我的故乡
风也正清朗地吹着
　　“安心地哭吧”
　　传来妇人的低语

“啊　你回这里做什么……”
吹来的风对我说

骇人黄昏

狂风卷动，终至疲倦，
草披靡，我看见，
那些远昔的隼人[①]。

银色竹矛，
沿水疾行。
——杂鱼逆波逐流。

风不曾吹拂，大地上
横陈累累尸首——
空中，高台伫立。

家家户户，聪颖的陪臣，
尼古丁，藏起污浊之齿。

① 隼人，古代日本九州南部的部族。

远逝的夏日之歌

道旁树木深深呼吸，
天空高邈，将它们凝视。
日光照着遗落沙地的玻璃，
行进至此的旅人目光迷离。

山峦顶端，晴空澄澈，
将金鱼和少女之口清洁。
飞来的那架飞机上，
有我昨日涂上的昆虫之泪。

风把丝带抛向天空，
我曾深陷大海汹涌
我想说说那海浪的事情。

骑兵连队上肢摆动，
下级士官鞋子艳红，
沿着无人的环山路骑行
我想说说那自行车的事情。

悲哀的早晨

潺潺水声来自山间，
春光，坚如磐石。
竹笕中的水，讲着故事
形似一位白发老妪。

以云母唇形唱着歌，
向后倾仰，唱着歌，
心干涸了皱缩了，
在巨岩之上，走索。

无名之火，涌向天空！

暴雨轰响，周身湿透！

……………………

我不管不顾地拍手……

夏日之歌

青空不动丝毫，
云彩了无踪迹。
　　夏日正午静寂
　　油灯亦显清丽。

何物存于夏日天空，
何物令人徒生怜惜，
　　鲁莽的向日葵被暴晒
　　在乡间车站盛开。

娴熟地生儿育女，
火车笛音犹如母亲。
　　在山野之间飞奔。

奔驰在层叠山野，
火车笛音犹如母亲。
　　在夏日正午时分。

夕照

丘壑，双手叠放胸口
退让。
落日，饱含慈爱之光
金黄。

原上草
唱着乡间歌谣。
山中林木
心境颓然苍老。

恰当此刻有我
贝壳的肉
被孩童踏过。

恰当此刻依然刚直
内心不阿
环着双臂走过。

港口小镇之秋

崖壁上，朝阳斜照，
秋日天空分外妖娆。
对面的港口，
不正如蜗牛触角？

城里人们清理烟囱。
屋瓦慵懒
天空裂为残片。
官吏的休息日——棉服装扮。

“若有来生……”
海员哼着歌。
“跷跷板，来玩吧……”
老妇人似在附和。

　　港口小镇的秋日，
　　温顺而又疯狂。
　　我在那一日，
　　丢失了人生之椅。

叹息

——致河上彻太郎[①]

叹息去往夜间沼泽，
在瘴气中幽幽闪烁。
那闪烁似含怨愤，发出噼啪声响。
树木如同年轻学者的脖颈。

夜色消散于地平线，窗扉或将开启。
拉着板车的农人，走向城镇。
叹息愈发深沉，
如山间回荡的板车余音。

原野上挺立于天际的松树，似在将我守护。
爽直而不苟言笑，似我叔父。
神明似在捕捉，气层之下的鱼。

若天色阴沉，蝗虫之眼，便在沙土中窥伺。
远方城镇，犹如石灰。
彼得大帝之眼，在云中闪烁。

① 河上彻太郎（1902—1980），日本文艺评论家、音乐评论家。

春之回忆

采下诸多莲花
　　待到晚餐归家
春日的沉沉暮霭
　　　　在泥土上敲打

一度眷恋回望
　　不经意地拍手
顺着道路飞奔
　　　　（日暮时分的天空啊！）

回到家中
　　一派其乐融融
秋日夕照下的群山或炊烟
　　　　有些事物让我晕眩

　　　　置身旧时宅邸
　　　　　　方块舞　裙裾摇摆
　　　　　　方块舞　裙裾摇摆
　　　　总有一天会消逝的　方块舞！

秋之夜空

这里，真是热闹，
众人言语纷杂
夫人们聚在一起
淡漠中保持着优雅。
　　　　凡世适逢秋夜
天界炫目繁华。

地板光滑如镜，
点着金色风灯。
头颅小小，裙裾长长，
一把椅子也没有。
　　　　凡世适逢秋夜
天界灯火通明。

微明的天界
辽远往昔的影祭，
静静地默默地繁盛
天界的夜宴。
　　　　我在凡世眺望，
不觉间烟消云散。

宿醉

清晨，暗淡的阳光照着
　　有风吹过。
成百上千的天使
　　在打篮球。

我紧闭双眼
　　可悲的醉酒。
废置不用的火炉
　　苍白地生着锈。

清晨，暗淡的阳光照着
　　有风吹过。
成百上千的天使
　　在打篮球。

「少年时」

少年时

夏日阳光炙烤着黝黑石头，
庭院地面，沉睡在一片朱红。

地平线尽头蒸汽升腾，
仿佛预示着，世界已然倾覆。

风低低地吹拂麦田，
如此模糊，一片晦暗。

如同疾驰的云层投下暗影，
古时巨人的身姿，掠过田间——

夏日午后时刻
他人尚在午睡
我奔跑着穿过原野……

我把希望在唇齿间咀嚼
明澈的目光闪动又归于寂灭……
啊，活着，我还活着！

盲目之秋

I

风吹起，浪翻涌，
　　手臂向着无垠挥动。

其间，可见小小红花一朵，
　　旋即化为碎末。

风吹起，浪翻涌，
　　手臂向着无垠挥动。

念其已是永无归期，
　　徒留多少苍白叹息……

我的青春已化为坚硬血管，
　　曼珠沙华和残阳在其中奔流。

它们沉静、绚烂、澄澈饱满，
　　犹如离我而去的女子，临别的嫣然。

庄严、丰盈，而又寂冷，
　　异样、温暖，闪烁着残存于心中……

啊，残存于心中……

风吹起，浪翻涌，
　　手臂向着无垠挥动。

Ⅱ

无论此事如何，彼事如何，
凡此种种都无所谓。

无论此为何故，彼为何故，
凡此种种都不必说。

人只要自恃即可！
余下再无他求……

自恃、自恃、自恃、自恃，
如此方可令人摆脱罪责。

泰然、豁达，稻束一样平和，
将晨雾埋入沸釜，然后向上一跃！

Ⅲ

我的圣母玛利亚！
　　总之我已呕血！……
得不到你的垂怜，
　　总之我已完败……

是因为我不够率直，
　　也因为太过懦弱，
爱上你是如此自然，
　　你也曾爱过我吧……

哦！我的圣母玛利亚！
　　如今事已至此，于事无补，
你至少应该知晓——

如此自然，自然而然地爱上，
　　并非寻常之事，
能被告知的，也非寻常之人。

Ⅳ

至少在将死之时，
愿她对我坦诚相待。
　　那时不要再涂上白妆，
　　那时不要涂上白妆。

只需静静吐露心声，
看着我的眼睛。
　　什么都别顾虑，
　　即使是为了我。

只需静静含着泪水，
在我身旁温暖地呼吸。
——如果眼泪流下来，

突然扑在我身上，
将我杀死也无妨。
我会坦然奔赴，那迢迢黄泉路。

我之吸烟

你的两条白皙小腿，
　　在黄昏，海港小镇寒冷的黄昏，
袅袅婷婷，踏在石板路上。
　　店铺里亮起灯光，亮起灯光，
我一边走路一边张望，
　　你招呼我说，
“找个地方休息一下吧。”

于是我，丢下正在张望的桥和河船，
　　走进一家餐馆——
人声喧闹，蒸汽升腾，
　　俨然另一个世界。
于是我，凝视着你不合时宜的明朗的脸，
　　落寞地抽起了烟，
一口、一口地，抽起了烟……

妹妹啊

夜晚，美丽的灵魂在哭泣，
　　——明明她才是对的——
夜晚，美丽的灵魂在哭泣，
　　不如死了才好……她这样说道。

潮湿的原野土地黝黑，浅草之上
　　夜风吹拂，
死了才好，死了才好，
　　美丽的灵魂在哭诉。

夜晚，天空很高，吹拂的风细小
　　——除了祈祷，我，什么也做不了……

寒夜的自画像

尽管没有光明闪耀
紧握这一根缰绳
也能穿越暗黑之域！
倘若志向明了
我不喟叹冬夜
唯有世人焦躁的哀愁
被渴望诱导的女人的哼唱
让我感到丝丝惩戒
任其，刺入肌肤。

踉跄中保持冷静，
带着些许拘束的心境
我劝诫我的懒惰
在寒月之下穿梭。

开朗，坦荡，不出卖自我，
这是我灵魂所愿！

树荫

神社的鸟居沐浴着光
榆树叶轻轻摇晃
夏日树荫葱郁
抚平我的懊悔

阴暗的懊悔，缠绕不散的懊悔
我的过往充斥着可笑
不久化为泪水浸润的黑
不久化为不堪的疲惫

于是如今由早至晚
生活只剩隐忍顺从
了无怨恨茫然若失
我的眼眸空对着天空——

神社的鸟居沐浴着光
榆树叶轻轻摇晃
夏日树荫葱郁
抚平我的懊悔

夏

如呕血般　倦怠，疲懈
今日阳光照耀麦苗，照耀田野
如沉睡般悲切，令长空倾斜
如呕血般倦怠，疲懈

天空燃烧，田地绵延
云层浮动，光芒刺眼
今日烈日灼灼，大地沉睡
如呕血般伤悲。

心的历程如疾风骤雨
仿佛已然结束
再无一丝往日心绪
沉睡在太阳燃烧的别处。

我留下来，作为一具尸骨——
如呕血般哀伤孤独。

心象

I

风从松林穿过，
踩踏石子的声响尤显落寞。
暖风擦洗我的额头，
思绪邈远，不禁念及过往。

坐下，
波涛声在耳畔凛冽。
没有星星，
天空绵绸般漆黑。

小舟驶过，
船夫同妻子轻声言语。
——说的话，听不真切。

波涛声在耳畔凛冽。

Ⅱ

远逝的一切
泪水倾注。
城墙干裂
风吹拂

草披靡
越过山丘，涉过荒野
不休不止
不见白色天使

可悲的我欲死，
可悲的我欲生
可悲的我，远逝的一切

泪水倾注。
自天空，
风吹拂

〔三千子〕

三千子

你的心像海
无边无际涌动。
天空辽远，海浪湛蓝，
凉爽的风吹拂
掠过松林
白色海岸绵延。

你的眼睛，是一方天空
无边无际映照
连绵波涛，辽阔海岸，
迅速闪动变幻。
碧波万里，千帆相竞
那逐浪之舟让我迷恋。

还有你美丽的前额
像突然传来的声响
唤醒午睡梦境中的它
一只无邪的小牛
轻盈优雅

微微抬头，又缓缓垂下。

柔细的，像是彩虹的脖颈
绵软的，如同婴孩的手臂
伴着轻快弦乐，婉转起舞，
海面动容，金色夕阳漫溢
浅滩渐远，彼处静谧而湿润
天空中，我望见了屏息的你。

被污浊了的悲伤……

被污浊了的悲伤中
今日小雪初降
被污浊了的悲伤中
今日寒风到访

被污浊了的悲伤
譬如裹上狐狸裘衣
被污浊了的悲伤
小雪中微微战栗

被污浊了的悲伤
无甚希求亦无所祈望
被污浊了的悲伤
在倦怠中梦见死亡

被污浊了的悲伤中
恐惧而又深埋痛楚
被污浊了的悲伤中
无所事事地迎来日暮……

无题

I

爱人啊，你待我如此温柔，
我却顽劣倔强。昨夜与你分别后，
我喝了酒，还骂了弱者。今早
醒来，忆及你的温柔
不禁为我的污秽叹息。并且
神志不清地，在此时告白，不顾羞耻，
毫无品格，也不够坦直
我被我的幻想驱使，狂乱不止。
不曾体察他人心绪，
爱人啊，你待我如此温柔，
我却冥顽固执，如孩童般任性放肆！
醒来，宿醉后头脑昏涨，
一边感受门外清晨的寒意
我想着你的温柔，又想起被我骂过的人。
然后，我悲哀地发现已迷失自己
今早我已确信，我无聊到了极致！

II

她心性真率直!
她在粗放中长大,
无依无靠,心中所思
不为人知,在纷乱之中
兀自成长,她的心
比我更加率直坚毅。

她很美。在难辨是非的人世旋涡
她聪慧又谨慎地活着。
在如此难辨是非的人世旋涡,
有时会内心脆弱,会怯懦焦灼,
而她,从未丧失最后品格
她很美,而且聪慧!

她的灵魂,曾多么渴望一颗温柔之心!
可现在已然放弃。
自私,幼稚,像是野兽或孩子,

她遇到的人尽是如此。而她并不知晓，
只觉得，世间众生，皆是无赖渣滓。
于是她愈发孤僻。她真让人怜惜！

III

委身于悲哀人世，你的心
不要冰封凋零。
我愿向你靠近，缓缓靠近
你的心，不要冰封凋零。

当心生固执，则一叶障目
灵魂，不为语言所动
当内心平和，人会与生俱来地
陷入佳梦，并懂得此间道理。

我的心和魂魄，统统抛却吧
在烂醉中，痴狂地寻找美
这便是我此生的可悲，

我心中已泛不起任何涟漪，
唯有好胜的欲望躁动不已
唯有大病之身不堪悲戚。

Ⅳ

我正思念着你。
怀着怜爱、平和而澄澈的心境
日夜沉浸其中，
感觉自己仿佛罪人。

我深爱着你，已竭尽全力。
虽已考虑诸多事情，即便如此
有些事依旧深感无力，
而我依旧，愿为你倾尽所有。

且除此之外，我已
寻不到希望与目的

唯有舍身为你，于我方为幸福。

方为幸福，忘却世间所有烦忧，
任何事都无须理会，我
能为你献出一切便是幸福！

V 幸福

幸福在马厩中
在草垛上。
幸福
平和的心能瞬时了悟。

　　顽固的心，为不幸焦躁，
　　世事颠沛无常
　　内心纷扰不断。
　　其后愈发不幸。

幸福，正在休眠

先明确该做的事
逐一去完成，
幸福，在理解中丰富。

顽固的心，欠缺理解
不知该做什么，只为利益奔走
意志消沉，充满戾气
被人嫌弃，兀自悲哀。

所以人啊，首先要保持顺从
顺从，并非迎合他人
在顺从中学习，尽量学习
你将提升品格，彰显品性！

夜深

——致内海誓一郎

每一晚，夜深时，附近的澡堂
　　便传来汲水声响。
残留的热水蒸汽氤氲，
　　一如昔日武藏野漆黑的夜。
雾气柔和地弥漫
　　其上月光通透，
狗远远地叫着。

彼时，我在炉前，
　　做着透明的梦。
大部分……如今均已折损
　　但依然怀有柔软的心，
在这样的夜晚它缓缓呢喃，
　　我满怀感激聆听，
我满怀感激聆听。

罪人之歌

——致阿部六郎

我的人生，被拙劣的园艺师
过早地操纵，多么悲哀！
因此我的血液经常
冲上头顶，沸腾，翻涌。

难以镇定，满心焦虑，
不断向外界求取。
行为很蠢，
想法难以言喻。

因而这可悲的树，
树皮粗硬，向着空气和风，
心不断地，凭吊往昔时日，

懒惰怯懦，不懂坚持，
待人软弱，曲意迎合，于是
浑然不知，做了极蠢的事。

〔秋〕

秋

1

昨日还在燃烧的原野
今日茫然一片，在阴沉的天空下绵延。
人们说，一层秋雨一层寒
秋蝉，已在不休地鸣叫，
在荒草丛中，一棵孤树上。

我抽着烟。那烟
在凝滞的空气中蜿蜒。
地平线已无法看清
光焰中的亡灵忽而起，忽而坐
——我蹲下身来。

天空阴沉，带着晦暗的金色——一如往常——
它如此高远，我垂下头。
我是抱定了倦怠的念头而活着的啊，
烟草的味道我品尝了三番。
死亡，或许已不再遥远……

2

“那就再见吧，

那家伙满脸的怪异笑容泛着黄铜光泽，

从那扇门离开了。

那笑容看着，不像是属于生者。

那家伙的眼睛，有着沼泽清澈时的颜色。

说话时，像是想着别的事情。

直截了当，语句简洁。

琐碎的事情，他都能详细记得。”

“是的。——知道会死吧?

望着星星，星星会变成微笑的我，就在前一刻。

……………………………………

就在前一刻，自己的木屐，再也不能算是我的。”

3

草一动不动，
上面飞着蝴蝶。
穿着浴衣，那人在走廊上看着这些。
我从这里看着他。
那人出神地盯着，黄色的蝴蝶。
周围传来豆腐店的笛声，
那根电线杆，在黄昏的天空中清晰地立着，
——“我，”那人转向我这边，
“昨天我撬起了三十贯重的石头。”他说。
——“啊，怎么了，在哪里？”我问他。
然后，那人盯着我的眼睛，
似乎很愤怒，啊……我感到害怕。

死之前还真是奇怪……

修罗街挽歌

——致关口隆克

序歌

不堪的回忆，
走开！往日的
怜惜之情和
丰沛的心，
回来！

今天周日
太阳照着走廊。
——好想再一次被母亲牵着
在节日里买一只气球，
天空湛蓝，一切都那么耀眼……

不堪的回忆啊，
走开！
走开走开！

Ⅱ 醉生

我的青春已逝，
——这寒冷拂晓的鸡鸣！
我的青春已逝。

我不顾一切地活着……
是我太过恣意？
——无邪的战士，我的心！

尽管如此我还是痛恨，
只为他人看法而活的人。
——多么悖谬的人生。

如今在此伤痕累累，
——这寒冷拂晓的鸡鸣！
啊，寒霜中的鸡鸣……

Ⅲ 独语

为了让容器中的水不晃动，
关键在运送容器的方式。
若能如此
动作再大也不是问题。

但是为了这样，
倘若已丧失悉心求索的余地……
心啊，
不如谦逊地等待神的恩赐。

Ⅳ

愈发暗淡的今日
雨水潇潇落下
空气比水清淡
林木清香飘散。

秋意已深的今日
如同石头轰响。
已然了无回忆
何谈所谓梦想。

我本是石头一颗
影子一样活着……
想呼喊却不能言语
天空般杳无边际。

我心如此悲怆
不禁握紧双拳
而又有谁可责备？
徒有无尽哀叹。

雪夜

落在青色软帽上的雪
是过往的手还是细语呢喃

——白秋[1]

落在酒店屋顶的雪
是过往的手，还是细语呢喃？

烟囱懒懒地吐着烟
赤红的火花飞溅。

今夜的天空一片灰暗，
从暗黑的天空降下了雪……

已经分手的她，
现在在做着什么呢。

已经确定分手的她，
不久后会回来吧

我默默地喝着酒
积压的懊悔让我颤抖。

默默地默默地喝着酒
在回忆的旋涡中沦陷……

落在酒店屋顶的雪
是过往的手，还是细语呢喃？

烟囱懒懒地吐着烟
赤红的火花飞溅。

① 北原白秋（1885—1942），日本诗人。此处两句引自北原白秋的诗集《回忆》。

成长之歌

I

幼年时
落在我身上的雪
像是丝绵滑过

少年时
落在我身上的雪
夹杂着雨水滂沱

十七—十九
落在我身上的雪
仿佛冰的碎末

二十—二十二
落在我身上的雪
如同冰雹砸落

二十三

落在我身上的雪
如暴风雪般紧迫

二十四
落在我身上的雪
变得清冷又静默……

II

落在我身上的雪
如同花瓣纷飞
带着柴木燃烧之音
彼时天空冰冷漆黑

落在我身上的雪
有着让人眷恋的轻柔
飘向我伸出的双手

落在我身上的雪

也落在灼热的额头
仿佛颗颗眼泪

对于落在身上的雪
我要由衷感谢，向神灵
祈求生命不竭

落在我身上的雪
显得愈发圣洁

就在此刻……

就在此刻，花儿似香炉散溢芬芳
——波德莱尔

就在此刻，花儿似香炉散溢芬芳，
周围的景象一片氤氲。
花瓣入水的脆音，
匆匆归去的人。

哦泰子[①]，就在此刻
让我们静静地，依偎。
遥远的天空，飞翔的鸟
也满怀着，纯真的爱。

哦泰子，就在此刻
暮色从篱笆悄然降落
青色的天空缓缓流淌着。

哦泰子，就在此刻
你轻柔的发丝飞扬

花儿似香炉散溢芬芳，[2]

① 即长谷川泰子，日本昭和时期知名演员。中原中也的情人。

② 原文即以“,”结束。

﹃羊之歌﹄

羊之歌

——致安原喜弘

Ⅰ 祈祷

死去时我要仰面朝天！
小小下颚，不要使之小之又小！
这就是，我所未能感知的，
遭受惩罚，死亡随即降临。

啊，那时我要仰面朝天！
至少那时，我，可将一切感知！

Ⅱ

愿望啊，你这陈旧阴暗的气体，
从我体内离开吧！
我那单纯安静的低喃，
停止吧，除了清澈我别无所求。

交往啊，你这阴郁污浊的宽容，
不要让我再次觉醒！

我忍受着孤独，
我的手臂已成无用之物。

你，带着疑惑睁大眼睛
睁大眼睛一动不动，
啊，过于轻信他人的心，

愿望啊，你这陈旧阴暗的气体，
从我体内快快离开快快离开！
我，除了那贫瘠的梦，别无兴致。

Ⅲ

我的人生犹如可怖的风暴，
虽然偶尔也有阳光洒落。
——波德莱尔

有个九岁的孩子
是个女孩

世上的空气，仿佛为她所有
而且，是某种可依靠的存在
当她歪着头
与我说话的时候。

我坐在被炉里
她坐在榻榻米上
冬日上午，难得的好天气
我的房间，洒满了阳光
她歪着头
耳垂被阳光照透。

相信我，对我放心
她的心是蜜橘色的
那温柔尚未泛滥，而且
也不像小鹿那般畏缩
我忘却了所有的事
只愿缓缓沉浸在这一时刻。

Ⅳ

即便如此，直面我内心孤寂
夜复一夜，独自在寄宿房间
思考，反复思考　单调的
质朴的心的合奏啊……

如果听到火车汽笛
便想起旅行，想起年幼时光
不不，想起的并非幼年和旅行
而是与之类似的东西……

思考着，反复思考的我的心
像是紧闭的、发潮生霉的匣子
嘴唇苍白，面颊干涩
被残酷的孤寂围困……

就是这样，只是习惯了忍耐
孤独令人痛苦，而自己

仿佛浑然不知，最终，偶尔
流下的泪，已不再有爱恋的意味……

憔悴

Pour tout homme, il vient une époque
où l'homme languit.
——Proverbe[①]

Il faut d'abord avoir soif…
——Cathérine de Médicis[②]

我早已，不再心怀善意醒来
而后忧愁满怀　一贯如此
我，带着恶意入梦……
（我并非安住于那里，
但已无法从那里逃离）
因此，夜幕降临时我发觉，
这个世界，就像大海一样。

我来到浪涛起伏的夜幕之海
那里，面色憔悴的船夫
用颤抖的手划着桨
到底有没有猎物呢
他一边凝视，一边从水面划过

II[3]

以前　我一直认为
爱情诗是愚蠢拙劣的东西

现在我读起爱情诗
体味到它的意义

可是时至今日
我还在探求高于爱情诗的诗境

不知这心思有没有错
总之它始终残留心中

这时常令我焦虑
让我燃起别样的希望

以前我一直认为
爱情诗是愚蠢拙劣的东西

而今对于爱情
或许我只能做梦

Ⅲ

这是不是我的堕落
为什么会知道这些呢

怠惰让我手臂松弛
今日太阳也照着　天蓝蓝的

说不定很久以前
我双手承载的就只有这怠惰

真挚的希望　或许只是从怠惰中
萌生的憧憬罢了

啊　尽管如此尽管如此

我还是不想变成　只会做梦的男人！

Ⅳ

但是这世间的善恶
并不能轻易被人分辨

人们所不解的无数缘由
支配着世间万物

如山阴处的清泉默默忍耐
沉默不语才感到愉悦

从火车上看到　群山　草地
天空　河流　所有的一切

最终都会彼此交织
升上天空　或许会化为彩虹……

V

如何才是有利的呢
如何才不会被人哂笑呢

总之要在相互揣摩中
度过时日，世上的人们啊，

我也曾认可此番意旨
竭尽所能地遵从适应

可时至今日我又回到自己
如同松开绷紧的皮筋

而后从这怠惰的窗口
将食指伸展为扇形

安享蓝天　啜饮清闲
宛若青蛙浮于水面

夜幕降临便仰望星空
啊　天空辽远，天空辽远。

VI

然而　我的此般状态还在持续
我想我需要像其他人那样做些什么，
为自己的生存感到苦闷，
甚至感叹百货店的送货人。

道理虽然明了清晰
心底却杂乱地填满怀疑的碎屑。
尽管这很滑稽，但此二者
都存在于我心，无法从中剥离。

有时，心被传来的音乐吸引，
稍稍有些触动，
这时此二者已在我体内死去，

啊　天空的歌，大海的歌，
我想，我已知晓美的内核
可活着依然艰辛，我依然无法逃脱怠惰！

① 法语，意为：不论谁都会有疲累的时候。——谚语

② 法语，意为：要先记得干渴……——凯瑟琳娜·德·梅第奇（法国王后）。

③ 原文无“I”，后同。

生命之声

诸多业障，在太阳下都黯淡无光。

——所罗门

I

我已经厌倦了巴赫和莫扎特。
也厌倦了那愉悦的、节奏轻浮的爵士乐。
我像雨后阴云下的铁桥一样活着。
积压在我身上的，无论何时都是寂寞。

在那寂寞之中我并非全然沉寂。
我在寻觅着什么，不断地寻觅。
困于某种可怖的坚固，可怖地焦躁着。
为此，食欲性欲甚至已经丧失。

但是，我不知道那是什么，也无从得知。
我不认为那是两个，只有一个。
但我不知道那是什么，也无从得知。
甚至决定孤注一掷，结果依然无从得知。

有时我会揶揄自己，叩问自己。
是女人吗？是美味吗？是荣誉吗？
然后心在呐喊，不，不，不是这个，也不是那个！
难道是天空的歌，清晨，高空中，鸣响的天空的歌？

II

无论如何都难以道明！
虽然有时　我也想简单解释，
可正因为难以解释，我才相信人生价值
这便是现实！一尘不染的幸福！一切自然而然就好！

人皆如此，无论知或未知，都心怀渴慕，
即便难以辨识胜负，
谁都知道，类似释放的快感，谁都会渴求
人生在世，谁都无法完全如愿！

但所谓幸福，应是这般无私境界，

在精明的商人看来，可称为傻瓜的底层民众，
活在不吃饭就活不下去的现世中，
必须说这不公平。

不过，这就是所谓人世，
我们活在此处，并非不公横行，
因为它的法则就是由我们自身构成，
倘若如此，这世上便无极端，不妨暂且心安。

III

总之就是，有关热情的问题。
你，如果心有怨气
就发怒吧！

那么，保持愤怒
抵达终极目标之前，
切勿将之疏忽。

要知道，激情持续一时，而后平息，
其社会效应仍将存续，
并成为你下一步行进的阻力。

IV

傍晚，天空下，体悟自身渺小，对诸事便没了怨言。

往日之歌

献给亡儿文也之灵

「在りし日の歌」

「往日之歌」

含羞

——往日之歌——

为何　我内心如此羞愧
秋天　山阴处寒风瑟瑟
米槠枯叶堆积的洼地
树干　异常冷峻地伫立

树枝　哀伤地相互交错
天空布满死婴的亡灵　眨着眼睛
那时在辽远的原野上
缝合着羔皮　做着古代象的梦

米槠枯叶堆积的洼地
树干　异常冷峻地伫立
那日　树干的间隙　眼神亲昵
仿佛姐姐的面容　映入你眼底

那日　树干的间隙　眼神亲昵
仿佛姐姐的面容　映入你眼底
啊！过往的年岁　燃烧的火光细微
我的心　为何　为何如此羞愧

空虚

腊祭之夜　堕落在街头
　胸口　被丝网缠绕
丰满的　乳房袒露着
　漂泊无依　我是个艺妓

悲苦　却不得哭泣
　这些时日　萌生了阴郁
遥远长空　电线鸣响
　海峡彼岸　冬日晓风

白色蔷薇　人造的花瓣
　冻结成冰　心也成空
破晓之时　少女的集会
　她们都是　我的旧相识

诸多菱形　互相聚合
　胡琴之音　绵绵不绝

深夜的雨

——魏尔伦的侧影——

今夜　雨　一如往昔，
　　唱着　往昔的　歌谣。
滴答　滴答　让人厌腻。
　　瞥见魏先生　身形硕大，
步入　仓库间的　小路。

仓库之间　橡胶雨衣　闪着反光。
　　然后是　泥炭　拙劣的　玩笑。
只要能　穿过　这小路，
　　穿过这里　便有　一丝丝希望。
唉　希望　是否也会　不一样?

汽车　什么的　并不相关，
　　明亮的　街灯　更是如此。
酒场的　廊灯　如腐坏的　眼珠，
　　遥远的　地方　舍密[1]　在鸣响。

① 舍密，日语中化学的旧称。

早春的风

　　今日又是金风
　风中传来银铃
今日又是金风

　　宛如女王之冠
　安然在桌前坐下
面朝敞开的窗

　　外面吹着金风
　风中传来银铃
今日又是金风

　　枯草之音凄厉
　烟雾在空中飞舞
日影欢欣地扭动身姿

　　褐色泥土芬芳
　晾竿伸向天空
坡道平缓工整

宛如少女下颚
山冈上枝梢交错
今日又是金风……

月

今夜月儿吃了太多蘘荷[①]
未曾想弹奏药剂厂屋顶悬挂的琵琶
如影随形的石炭气味无须惧怕
灌木砥砺着它的个性
姐妹入睡了，母亲关上了红色格窗！

随后在阳台上
发现一枚遗落的铜钱，抑或是奖章
是白天文子小姐落下的
明天还给她吧
装进口袋时还在思忖，月儿吃了太多蘘荷
灌木砥砺着它的个性
姐妹入睡了，母亲关上了红色格窗！

① 蘘荷，姜科多年生草本植物。日本民间有吃多了蘘荷会变笨的说法。

蓝色眼瞳

1. 夏之晨

悲伤的心中夜色渐明，
　　愉悦的心中夜色渐明，
不，这究竟是怎么了？
　　这真是让人悲伤的黎明！

蓝色眼瞳没有动，
　　世界还在沉睡之中，
就这样“那一刻”正不断流逝，
　　啊，久远的久远的故事。

蓝色眼瞳没有动，
　　——现在或许转动着……
蓝色眼瞳没有动，
　　美丽得让人心痛！

此刻我在这里，黄色的灯影。
　　不知此后究竟如何……

啊，“那一刻”正在不断流逝！
　　像碧色的、奔涌而出的蒸汽。

2. 冬之晨

之后究竟如何了呢……
我说不清
总之朝雾笼罩的机场上
飞机已彻底没了影踪。
只剩下粗糙的沙砾、杂草
以及撕裂脸颊的冷。
——即便在如此残忍空寂的清晨
人们依然必须笑脸相迎
实在是可悲的事情
然而那里仍旧
越是欢笑的人
越有优越感。
朝阳在浓雾中闪光，消解了草叶的霜，
远处人家的鸡在啼鸣，

而这雾、光、霜、鸡
都激不起人们心中任何波澜，
他们正回家坐在餐桌前。
　　（机场唯独剩我一个，
　　踢着香烟的空盒）

三岁的记忆

太阳照着走廊，
树脂五彩斑斓地入睡，
一棵柿树在庭院之中，
土是枇杷色的　苍蝇嗡嗡。

厕坑上方　我被人抱着，
从屁股下面　垂下一条蛔虫。
那蛔虫，在厕坑的浅洼里蠕动
蠕动，把我吓得不轻。

啊啊，太可怕了
让人不可思议的可怕，
于是在一瞬间
我大哭起来，泪如泉涌。

啊啊，可怕呀可怕
——房间里　寂静无声，
隔壁的人　飞向了天空！
隔壁的人　飞向了天空！

六月的雨

又下了一阵　午前的雨
菖蒲的颜色　绿绿的
双目湿润　长脸的女人
忽然浮现　又匆匆消失

忽然浮现　如若匆匆消失
陷入无边阴郁　雨淅淅沥沥
在田地间　飘落着
无休止地　飘落着

敲起鼓　吹着笛
天真的孩子　星期日
榻榻米上　玩耍嬉戏

敲起鼓　吹着笛
正玩耍时　下起了雨
窗棂之外　下起了雨

雨天

街道上雨下个不停，
家家户户板壁陈旧。
诸多蔑视的眼神变得恬静，
我，从花瓣的梦境中清醒。

*

褐色的古刀鞘啊，
口齿不清的幼时朋友，
你的额头方方正正。
我想起了你。

*

锉刀的声响，粗哑的声音，
苍老疲惫的胃啊，
在雨中远远细听，
那温柔至极的唇。

*

砖瓦色一般憔悴的心，
雨中的天空忽现忽隐。
怀念聪慧少女的黑发，
以及面色慈祥的父亲……

春

春天让泥土和草叶渗出新的汗水。
为了让汗水蒸腾，云雀飞向天空。
砖瓦屋顶今早没有抱怨，
合唱声从长长的校舍升上天空。

啊，安静啊真安静。
终于来了，这是今年我的春天。
往日在我心中涌动的希望，
今日化作庄严的深蓝自天空向我降临。

然后我愣住了，傻在那里
——丛林深处，是小溪是银光还是涟漪?
丛林深处是小溪是银光还是涟漪?

大猫笨拙地扭着脑袋
把一个铃铛晃来晃去，
把一个铃铛，晃来晃去端详着。

春日之歌

流水啊，淡淡的　娇羞啊，
是要　流淌到　天空之国吗？
心也　散落　随之飘远，
埃及烟草　缭绕弥漫。

流水啊，冰冷的　隐秘忧郁，
是要　流淌到　山麓之下吗？
未曾得见的　面孔　不可思议的
咽喉　直到　能够看见……

午睡　丰盈的　梦境里，
原野上　天空　可有尽头？
呜呜　呜呜地　哭泣吗

黄色的　库房，白色的谷仓，
流淌啊　流淌
直到可以看见　水车的　远方？

夏夜

啊　疲惫的心中
樱色的　女子走过
女子走过。

夏夜水田滞重，
怨恨萦萦不绝
——在环绕盆地的群山上游走？

赤脚轻柔　踩着砂石，
睁开眼眸　断然弃绝，
雾霭中的夜空　又高又黑。

雾霭中的夜空又高又黑，
父母的慈爱也丝毫无用，
——疲惫的心中　花瓣飘过。

疲惫的心中　花瓣飘过
和服偶尔触碰铜锣
雾霭虽美，却如此酷热！

幼兽之歌

黑夜笼罩的原野荒草茂盛，
一只野兽在灭火罐中
敲击燧石，制造星星。
冬季狂乱　风声嘶鸣。

野兽已然　紧闭双目。
响板与月光之外
怀拥不会醒来的星星，
在罐中迎来冒渎。

像雨后的回忆聚集
与风并肩，波涛涌起。
啊　这妖冶的故事——
奴隶和公主一样美丽。

　　蛋壳般的贵公子的笑意
　　以及愚钝的孩子的白血球，
　　都令野兽感到恐惧。

黑夜笼罩着荒草茂盛的原野，
一只野兽的心浓烟升起。
黑夜笼罩着荒草茂盛的原野——
在往日，自言自语也如此美丽！
……

这个小孩

精灵若从天上来，
原野上
苍白的
这个小孩。

黑云若在空中拉扯，
这个小孩
挤出的眼泪
便是银的汁液……

　　地球一分为二也罢，
　　一半远渡重洋也罢，
　　如此我便在另一半上坐下
　　眼里只剩青空——

花岗岩石
海滨的天空
庙宇的屋顶
以及海的尽头……

冬日记忆

白天，曾在寒风中将麻雀捧在手心的孩子，
到了夜里，突然死了。

次日清晨白霜降下了。
孩子的哥哥去发电报了。

夜深了，母亲还在哭着。
父亲，远洋航海去了。

麻雀怎么样了，无人知晓。
北风把道路吹白了。

吊桶偶然发出声响时，
父亲那边的，回电来了。

白霜日复一日地下着。
远洋航海的人还未归来。

那之后母亲怎么样了……
发电报的哥哥，今天在学校挨骂了。

秋日

　　河岸边　行道树的　阴影里
秋天是　美丽　女子的　眼睑
　　天空　像是要　哭泣般　湿润
昔日　马匹　蹄下的　声音啊

　　因着　经年　累月的　疲惫
国道上　走一走　秋天　沁人心脾
　　纵然　一无所有　任凭　一无所有
连木屐的　声音　也沁人心脾

　　阳光此刻　照耀着　半边　河岸
无形的　竹筏　顺水　漂远
　　原野　在对岸　起伏绵延

结伴的　友人　语调　诙谐
　　不可思议地　在空气中　消融
秋天　在忧虑中　闭紧　双唇

寒夜

冬夜里
我的心伤悲不已
伤悲不已，没有缘由……
心生了锈，泛着紫。

坚固的门扉之后，
古旧的时光怅然若失。
山丘上
棉铃裂出缝隙。

此处干柴正冒着烟，
那烟雾，似有自知之明
缓缓上升。

并非被引诱
并非有所求，
我的心也冒起烟……

冬日黎明

瓦上的残雪稍稍凝固
枯木枝丫像鹿一样困顿，
冬日清晨六点
我的头脑也昏昏沉沉。

乌鸦啼叫着飞过——
庭院地面也像鹿一样困顿。
——树林消失了农家消失了，
天空悲哀而虚弱。
　　　　我心悲戚……

旋即微弱阳光照来
蓝天豁然洞开。
天空之上朱庇特的炮声轰响。
——四方的山峦沉没，

农家庭院打着哈欠，
道路向天空致意。
　　　　我心悲戚……

老者

——《虚空之秋》第十二

让老者置身于静谧中
任其尽情懊悔

我渴求懊悔
尽情懊悔可使灵魂得以休整

啊　我曾渴望一场痛哭
忘掉父母亲友，甚至那些素昧平生的人

像黎明时分的天空像掠过山丘的晚风
像随风飘动的小旗那样哭泣吧

或者像别离时的话语，久久回荡，飞入云端，在原野尽头鸣响
像交织着海上的风消失于永恒……

反歌[①]

啊　由于我们怯懦太久，太久地

消耗于徒劳之事，以致忘记了哭泣，真真切切忘记了……

（《虚空之秋》二十余篇今已散佚。仅存第十二篇，因诸井三郎作曲得以留存。）

① 反歌，和歌的一种形式，附于长歌之后，有补充、概括之意。

湖上

等到月亮浮出水面，
我们便泛舟出发吧。
波浪哗啦啦地拍打，
微风柔柔地吹着呀。

出海后幽深昏暗呀，
船桨水声滴答
仿佛亲昵的话语呀，
——在你言语停歇的刹那。

月亮在侧耳倾听吧，
偷偷将身子俯下呀，
当我们亲吻之时
它会照在头顶吧。

你不停地说着话呀，
无聊的事任性的话，
我一句不落地倾听呀，
——不过别把划桨停下。

等到月亮浮出水面，
我们便泛舟出发吧。
波浪哗啦啦地拍打，
微风柔柔地吹着呀。

冬夜

大家今夜很安静
药罐发出轻微响声
我正想着女人
但我没有女人

然而我毫不费力
以不可名状的灵动
在空气一般的幻想中
描摹那个女人的身影

以不可名状的灵动
在夜晚澄澈的寂静中
听着药罐发出的声音
做着关于女人的梦

于是夜愈发醇厚
只有狗还醒着的冬夜
影子、烟草、我和狗
是不可名状的鸡尾酒

2

没有比空气更好的了
再没有比寒夜室内空气更好的了
没有比烟草更好的了
没有比烟草　更让人愉悦的了
很快你就会明白这些
很快你就会迎来　深有同感的时刻

没有比空气更好的了
像寒夜里瘦削的中年妇人的手
像那手的弹性　柔软　又坚硬
像是很坚硬　像是那手的弹性
像是烟草　像是女人的热情
像是被点燃　像是消散一空

没有比冬夜室内的　空气更好的了

秋的消息

麻布，在清晨将人的肌肤裹紧
鸟雀，叫声也显得生硬
烟囱，烟雾飘散在风中

火山灰挖掘起来如同冰层
明亮的颢气下是一片青空
深深沉陷，透着冰冷

在教堂的石阶上
倘若晾晒在太阳下
花朵随着阳光转动
背阴处，无端响起起伏的虫鸣

秋日里，身体是暖的
手和脚，却是冷冰冰
这些天，广告气球
飘荡在新宿上空

骨

看吧看吧，这是我的骨头，
沾满生前的劳苦
挣破肮脏的皮肉，
被雨水冲洗得惨白，
骨头的尖角，突兀地刺出。

它没有光泽，
只是徒劳地惨白着，
浸在雨里，
被风吹着，
映着些许天空。

活着的时候，
也曾在饭堂，
坐在拥挤的人群中，
也曾吃过凉拌鸭芹，
想来真是滑稽的事情。

看吧看吧，这是我的骨头——

是我在看着？真是滑稽。
是灵魂不肯离去，
又回到骨头旁，
在看着吗？

故乡的小河边，
站在半枯的草丛中，
正在看着的，——是我？
恰好是木牌的高度，
骨头惨白地刺出。

秋日狂乱

我已一无所有
我是赤手空拳
且不为此哀叹
我终将身无一物

不过今天天气很好
刚刚有许多飞机在飞
——欧洲会不会开战
这种事谁会知道呢

今天天气很好
蓝蓝的天空也含着泪
白杨树哗啦啦地响着
孩子们刚刚升上了天空

如今在地上晒太阳的
除了靠薪水生活的妻子和修鞋匠再无他人
修鞋匠敲击的鼓声
独自在赞美这座明亮的废墟

啊，谁来给我帮助
第欧根尼时代的小鸟还会啼啭
如今的鸟雀却叫也不叫
连落在地上的影子，都又浅又淡！

——可是那个乡下的姑娘去了哪里
那紫色的押花已经风干了吗
草叶上已经没有日光了吗
升上天空的幻想已经没有了吗？

我在说什么呢
到底受困于怎样的错乱
蝴蝶都飞到哪里去了
现在不是春天，而是秋天了吗

那么，就喝点浓糖浆吧
冷凉的，用粗吸管喝吧
黏糊糊的，全神贯注地喝吧
什么都不，什么都不，什么都无所求！……

朝鲜女人

朝鲜女人的衣带
被秋风捻着飘起
她沿着街道往前走
用力拉着孩子的手
微微蹙眉的你的面容
肤色犹如干燥的赤铜
那神色像在想着什么
——其实我也是沦落之人
或许觉得我有些怪异
你呆呆地看着我
然后催着孩子离开了……
就连轻轻扬起的尘埃
也不知我在想些什么
就连轻轻扬起的尘埃
也不知我在想些什么……
………………………

夏夜醒来的梦

闭上眼睛想要睡去
在漆黑的球场上
白天看到的棒球队
队服微微泛着白光——

队员在各自防守的位置
狡猾的投手一如往常
动作鲁莽的二垒手
一如往常般鲁莽

然而，没有期待已久的安打
正在大失所望
球队和队员统统消失
只剩下空无一人的球场

正午的球场突然酷热
球场四周环绕着白杨
叶子葱郁地摇摆着
蝉鸣像连绵不休的急雨
正在大失所望……进入了梦乡

春天与婴儿

在油菜花田里沉睡的……
在油菜花田里被风吹拂的……
难道不是婴儿吗？

不，在空中鸣响的，是电线是电线
整天，在空中鸣响的，那是电线
虽然在油菜花田里沉睡的，是婴儿

飞驰而过的，是自行车自行车
从对面的道路，飞驰而过
浅粉色的，风一般飞过……

浅粉色的，风一般飞过……
飞驰而过的是油菜花田和天空的白云
——婴儿被安放在田地里

云雀

终日在天空中鸣响的
啊　是电线，是电线

终日在天空中啼叫的
啊　是云之子，是小小的云雀

碧蓝　碧蓝的天空中
咕噜噜地旋转　潜入云层
叽叽喳喳啼叫着的
啊　是云之子，是小小的云雀

掠过油菜花田
向着地平线，向着地平线
掠过一座又一座山
在碧蓝　碧蓝的天空下面

沉睡，在油菜花田
在油菜花田里，沉睡
油菜花田里被风吹着
正在沉睡的是婴儿吗?

初夏之夜

今年的夏天又来了，
夜里，蒸汽形成的白熊，
正在涉过沼泽。
——发生过各种各样的事情。
也做过各种各样的事情。
开心的事情，也曾有过，
回想起来，全是悲伤
铁制的，碾轧而过的声音
暮色不容分说地降临
幼年、老年、青年和壮年，
一同发出过于哀怜的声音，
薄暮中飞舞的飞蛾之下
仰着脆弱又可怜的下巴。
纵然今夜是六月的良夜
纵然邈远的回响，送来宜人的风，
内心依然莫名悲伤，
消失了的是铁桥的声响，
大河之上，铁桥之上，是朦胧的石板色的天空。

北海

大海之中，
那不是人鱼。
大海之中，
那里，全是浪涛。

北海阴沉的天空下，
汹涌的浪涛到处张牙舞爪，
咒骂着天空。
时时刻刻地咒骂着。

大海之中，
那不是人鱼。
大海之中，
那里，全是浪涛。

懵懂的歌

回首来路漫漫
十二岁冬天的那个傍晚
汽笛在港口上空鸣响
喷薄的蒸汽如今在何方

云间穿行着月亮
汽笛在耳畔鸣响
身体悚然瑟缩
那时月亮正挂在天上

多少年岁过去
茫然追随汽笛的蒸汽
目光热切内心悲凉
那时的我如今在何方

如今已携妻带子
回首来路漫漫
而后何时才是尽头
还是要继续向前

还是要继续向前
能否像远去的日日夜夜那般
燃起炽烈的眷恋
似乎并无自信

即便如此还要活下去
终究我这固执的天性
想来我也觉得
真是可怜

转念来想
即便我选择坚持
会有令人眷恋的往昔　而后
总归会过去的吧

想来其实简单
终究是意志问题
除了去做别无选择

只要去做就好

虽说如此
十二岁冬天的那个傍晚
汽笛在港口上空鸣响
喷薄的蒸汽如今在何方

闲寂

没有什么可造访的，
我的心是闲寂的。
　　　　那是星期天的走廊，
　　　　——大家都去野外了。

木板泛着冰冷光泽，
小鸟在庭院鸣叫着。
　　　　没拧紧的自来水管，
　　　　水龙头上的水滴，一直闪烁！

土地是蔷薇色的，天空飞着云雀
这美丽的天空属于四月。
　　　　没有什么可造访的，
　　　　我的心是闲寂的。

诙谐的歌

将那首月光曲，
教给盲眼少女的人，
是贝多芬，还是舒伯特？
我的记忆有错觉，
今夜头脑混乱，
我觉得是小贝，
但会不会是小舒呢？

雾气弥漫的秋夜，
坐在庭院的石阶上，
沐浴着月光，
两个人，沉默着，
随后进入琴房，
如泣如诉地弹奏，
那人，会不会是小舒呢？

街灯暗淡朦胧，
维也纳的郊外，
流星滑落的那个夜晚，

昆虫，在草丛里和鸣，
教师的第十三个儿子，
那个短脖子的男人，
握着盲眼少女的手，
在钢琴上奋力演奏着，
额头有汗水渗出，
戴着廉价眼镜，
后背艰难地弓着
弹奏之声如潮水般喷薄，
那人，会不会是小舒呢？

是小贝还是小舒，
这件事，谁知道呢，
今夜东京上空有流星滑落，
我喝着杯中啤酒，
看着月光倾泻，

小贝和小舒，都已经死了
连他们已经死了的事，
又有谁知道呢……

回忆

天气晴好的日子，海面上
竟然是，如此美丽！
天气晴好的日子，海面上
就像是，洒满了金和银

被海面上的金和银，
吸引着，来到海岬尽头
那金和银的浪涛
还是远远地，在海上闪烁。

海岬尽头有座砖瓦厂，
工厂院子里晒着砖瓦，
晒着的砖瓦色彩鲜红
工厂里，却一片寂静。

在砖瓦厂，悄然坐下，
我抽了一会儿烟。
抽着烟茫然失神时，
海面上传来波涛轰鸣。

海面上传来波涛轰鸣，
我不以为意地茫然失神。
茫然失神时我的头和胸
点点滴滴地泛起暖意

点点滴滴地泛起暖意
海岬的工厂沐浴着春日阳光，
砖瓦厂里一片寂静
鸟儿在后面的树丛啼鸣

即便鸟儿啼鸣，砖瓦厂
一动不动寂静无声
即便鸟儿啼鸣，砖瓦厂
窗玻璃上沐浴着阳光

窗玻璃上沐浴着阳光
还是没有丝毫暖意
初春时节的晴好天气，

海岬尽头的砖瓦厂啊!

＊＊＊＊

砖瓦厂，后来废弃了，
砖瓦厂，已经死去了
砖瓦厂，窗户和玻璃，
如今都被毁掉了

砖瓦厂，废弃了衰败了，
树林前，我仍在茫然失神
林中的鸟儿，如今还在啼鸣
砖瓦厂，兀自走向衰败

海上的波涛，如今还在轰鸣
院里的泥土，阳光还在照着
砖瓦厂，工人不再来
砖瓦厂，我也不再去了

曾经，吐着烟尘的烟囱，
如今，悚然地矗立着
下雨的日子，尤为恐怖
天晴的日子，也相当可怖

同样相当可怖的，烟囱
如今也，束手无策
这庞大的，苍老的猛士
时时怀有怨恨，眼神骇人

眼神骇人，今天的我
来到海滨，坐在石头上
茫然垂首，兀自思量
以至我胸中，也涌起波浪

残暑

在榻榻米上，躺着，
苍蝇嗡嗡　叫着
榻榻米也已经　变黄了
今天早上　是谁说的呢

这个那个　漫无边际
我脑海中　记忆浮起
任其浮来　又浮去
不知何时　我睡着了

醒来之时　天色将晚
虽然秋蝉　还在叫着
树木枝梢　沐浴着阳光，
我给庭院树木　洒了水

　　洒下的水，在垂下树枝的叶尖上
　　闪着的光，我痴痴地看着

除夕的钟声

除夕的钟声在黑暗辽远的天空鸣响。
上千万年的，古老黑夜的空气也随之颤动。
除夕的钟声在黑暗辽远的天空鸣响。

那是寺院森林雾气弥漫的天空……
在那里鸣响，然后从那里震荡。
那是寺院森林雾气弥漫的天空……

那时孩子都围在父母膝下吃着荞麦面。
那时银座人山人海，浅草也人山人海。
那时孩子都围在父母膝下吃着荞麦面。

那时银座人山人海，浅草也人山人海。
那时的囚犯，心境会是怎样，心境会是怎样，
那时银座人山人海，浅草也人山人海。

除夕的钟声在黑暗辽远的天空鸣响。
上千万年的，古老黑夜的空气也随之颤动。
除夕的钟声在黑暗辽远的天空鸣响。

雪赋

下雪时的我，人生
变得悲凉又美丽——
飘满愁绪，忧思满地。

那雪，落在中世纪，灰暗的城墙上，
也落在大高源吾[①]的年代……

许多孤儿的手，
因此被冻僵，
都会的夜晚因此愈显悲伤。

俄罗斯乡村的庄园，
在栅栏一侧看到的雪，
永恒得让人厌倦，

下雪的日子纵使高贵的夫人，
恐怕也会心生抱怨……

下雪时的我，人生

变得悲凉又美丽——
飘满愁绪，忧思满地。

① 大高源吾（1672—1703），日本江户时代的武士，也是著名的俳人。

我的半生

我历尽艰辛而来。
那是何等艰辛，
我丝毫不想提起。
还有那艰辛的价值
究竟是有还是无，
我从未想过此事。

总之我历尽艰辛而来。
历尽了艰辛！
然而，现在，此处，书桌前，
我只想找到自己。
伸出手默默凝视
这是我唯一能做的事。

今宵屋外，树叶摇曳。
心绪邈远，这春之良夜。
而我，将静静地死去，
就这样坐着，慢慢死去。

独身者

秋风吹着肥皂盒
郊外，与市区交界的路上
女商贩独自走着

——他是个独身者
他的眼睛高度近视
他平时都穿着正装
曾在印章店做活

此刻他正从澡堂出来
午后三点的阳光淡淡地照着
风吹着肥皂盒
郊外，与市区交界的路上
女商贩独自走着

春宵感怀

雨，停了，风吹着。
　云，涌动，月朦胧。
诸位，今夜，是春宵。
　暖融融的，风吹着。

不知何故，深深，叹息，
不知何故遥远的，幻想，
涌动着，却无法，握住。
　对谁，都无法，言说。

对谁，都无法，言说，
　虽如此，却正是，
这何尝不是命运，
　可我，无法，将之示人……

就这样，人们，一个个，
　用心揣摩，相互面对
彼此相视一笑
　如此，一生，便过去了

雨，停了，风吹着。

　云，涌动，月朦胧。

诸位，今夜，是春宵。

　暖融融的，风吹着。

阴天

　某个清晨　我在　天空　之中，
看见　黑色　旗帜　飘动。
　哗啦　哗啦　那样　飘动，
可声音　我听不到　因为　太高了。

　我想　用手　将它　降落，
可是　没有绳索　未能　如愿。
　旗帜　哗啦　哗啦　飘着，
仿佛　飞入　天空　深处。

　这般　清晨　在年少　时日，
曾多次　见过　我还　记得。
　彼时　它飘在　原野　之上，
如今　在都会的　瓦屋　之上。

　彼时　此时　时间　相隔，
此处　彼处　空间　相异，
　哗啦　哗啦　独自　飘着，
至今　未变的　那面　黑旗啊。

寄蜻蜓

分外晴好的　秋日天空
红蜻蜓　飞舞着
沐浴着　淡淡夕阳
我伫立在　原野上

远处工厂的　烟囱
夕阳下　有点朦胧
一声　沉重的叹息后
我蹲下身　捡起石头

石头　透着冰冷
渐渐在手中　变暖
我将之抛下　看向野草
沐浴着夕阳的　草被拔起

被拔起的野草　在泥土上
一点一点地　枯萎消亡
远处工厂的　烟囱
在夕阳的霞光中　有点朦胧

「永诀之秋」

一去不返

——京都——

我身处此世的尽头。阳光温暖地洒落，风摇动着花朵。

木桥上，沉积的尘埃，终日沉默，邮筒终日泛着红色，插着风车的婴儿车，一直在街头停着。

居民和孩子们，街上未见一个，我举目无亲，不时看一眼风信鸡上方天空的颜色，便是我所能做的。

但并不觉得无聊，空气中流动着蜜香，那并非实体的蜜，适合平日品尝。

也抽了点烟草，但只是喜欢它的味道。而且我的习惯是，只在户外抽烟。

我的贴身物品，有一条毛巾。虽说有枕头，被子却踪影也无，牙刷倒是带着，只带了册子一本，里面什么都没写，只偶尔拿在手里，那份重量让我欢欣。

对于女人，我确实有过爱慕，但未曾有一次，想要去见她们。只是一次次梦到。

难以名状的某物，在不断地催促着我，我没有目标，希望却在心中激荡着。

＊＊＊

树林之中，有一座世间罕见的公园，女人、孩子、男人散着步，满面笑容令人悚然，说着我听不懂的话语，表情里是我看不懂的情感。

而在那天空中，银色的蛛网正闪烁着光芒。

一个童话

秋夜，在遥远的彼方，
有一片满是小石子的，河滩，
阳光，沙沙地，
沙沙地照射着。

说是阳光，却更像是硅石之类，
细碎得如同粉末，
正因如此，才沙沙地
发出微弱的声响。

小石子上，正停着一只蝴蝶，
淡淡的，却又如此醒目地
投下了影子。

而后蝴蝶消失了，不知何时，
至今干涸的河床，河水
开始沙沙地，沙沙地流淌……

幻影

在我脑海中，不知何时，
住进一个不幸的小丑，
他，穿着纱衣，
而且，沐浴着月光。

他经常，挥着孱弱的手，
不停地　打着手势，
可那含义，我始终不知，
只引来　无尽的感伤。

伴着手势，他的嘴唇也在蠕动，
像是在看古老的投影戏——
没有一丝声响，
听不清　到底说了什么。

沐浴着皎洁的月光，
在怪异又明亮的雾气中，
缓缓地移动模糊的身姿，
只有眼神无论怎样，都满含温柔。

轻浮女子的丈夫之歌

你爱着我，一次也未曾
将我怨憎。
我也爱着你，仿佛自前世
便敲定了宿命。

而后两个灵魂，于不觉间温柔相恋
已是多年的习惯。

然而两人还是有着，
极为不安分的心。

平淡自然的爱情，
有时会让人厌腻。

比起上佳香水的香味，
竟对医院淡淡的气息，更为着迷。

于是最亲密的两个人，
有时彼此最为憎恨。

而后往往会陷入
难以名状的懊悔里。

啊，两个人都曾不安分，
使得彼此都偏离了真实。

比起上佳香水的香味，
竟对医院淡淡的气息，更为着迷。

无言的歌

虽然它在远处
我不得不在此等待
此处空气也稍显苍白
仿佛浅淡细微的葱须

决不可匆促
务必在此耐心等待
不可用少女的眼神眺望
只需在此坚定地等

而它在远方被夕阳湮没
如号笛声粗犷而纤弱
但我不能奔向彼方
只能在此保持等待

而后喘息得以平复
已确信可去往彼处
它却像烟囱冒出的烟
远远地　在暗红的天空恒久盘桓

月夜海滨

有月的夜晚，一枚纽扣
遗落在，海岸边。

将它捡起，并不是
觉得它有什么用处
只是莫名地不忍丢弃
我将它，放进袖袋里。

有月的夜晚，一枚纽扣
遗落在，海岸边。

将它捡起，并不是
觉得它有什么用处
　　没有将它抛给月亮
　　没有将它抛给海浪
我将它，放进袖袋里。

有月的夜晚，捡起的纽扣
触动指尖，触动我心。

有月的夜晚，捡起的纽扣
为何想要，将它丢弃？

春天还会来……

人们说春天还会来
可我依然痛苦
春天回来又如何
那个孩子回不来了

还记得今年五月
我抱着你去动物园
看见大象你叫猫咪
看见小鸟也叫猫咪

只有最后看到了鹿
可能鹿角深深吸引了你
你一言不发地　凝望着

就是在那一刻
在这个世界的光芒正中
你站在那里凝望着……

月光　其一

月光明晃晃
月光明晃晃

　　庭院角落的草丛里
　　藏着死去的孩子

月光明晃晃
月光明晃晃

　　呀，齐尔西斯和阿曼特[①]
　　来到了草地上

虽然带来了吉他
却随手扔在一旁

　　月光明晃晃
　　月光明晃晃

① 齐尔西斯和阿曼特，均为魏尔伦诗歌《曼陀铃》中的人物。下同。

月光　其二

哦　齐尔西斯和阿曼特
来庭院里玩耍了

今夜正是春宵
温热的雾霭飘着

月光照亮了
庭院里的长椅

吉他就在身旁
却丝毫无心奏响

草坪尽头的森林
弥漫的黑暗幽深

哦　齐尔西斯和阿曼特
正在悄声说着什么

森林中死去的孩子
像萤火一样匍匐着

村里的钟

村里的大钟，
终日在走动

钟盘上的油漆，
光泽已消失

靠近观瞧，
还有很多小裂缝

当夕阳映照，
则会呈现淡雅的色调

报时之前，
会发出嘎嗒嘎嗒的响声

响声来自钟盘还是里面的机械
我和所有人都分不清

某个男人的肖像

1

那个留洋归来的人喜欢打扮，
上了年纪依然抹着绿色的发油。

每晚都出现在咖啡店，
与店主人交谈的样子有点可怜。

听到他的死讯更觉得他可怜。

2

——幻灭是钢铁的颜色。

黄昏，头发上的灯光泛着金色
面向庭院，通过敞开的大门，
他去了门外。

刚剃过的，脖颈和手腕

每一处都无所适从，
分外寒冷。

从敞开的大门
悔恨，和风一起无情地
吹了进来。

阅读，与安然的爱恋，
温热的茶与黄昏的天空
都随着风消失不见。

3

她
爬进了墙壁。
而后他独自
在房间擦拭着桌子。

冬日的长门峡

长门峡，水不停地流。
那一日出奇地冷。

我曾在一处酒肆。
孤独地喝着酒。

除了我，
再无其他客人。

那水，似有魂魄，
不停地流着。

不久蜜柑般的夕阳，
在阑干上洒落。

啊！——也曾有这般时日，
那一日　冷得出奇。

米子

二十八岁的那个姑娘，
患有肺病，小腿纤细。
像一株白杨，在未有人经过的
步道旁，站立着。

姑娘的名字，叫米子。
夏日里，脸上，有点脏兮兮，
到了秋冬，则清爽干净。
——她说起话来声音柔细。

二十八岁的那个姑娘，
若是嫁了人，她的病
或许会好起来。这样想着
我一次次将她凝望……

但，我从未对她说出口，
并非，觉得难以启齿，
也不是，担心会让她失望，
不知何故，就是没有说出。

二十八岁的那个姑娘，

站立在步道旁，

在下过雨的午后，像一株白杨。

——她那柔细的声音，我多想再听一次……

正午

——丸大厦的风景

啊，十二点的铃声响了，响了响了
一个接一个地出来了，出来了出来了
工薪族的午休，晃晃悠悠地甩着手
没完没了地出来了，出来了出来了
巨大的建筑，漆黑的小小的出入口
辽阔的天空飘着阴霾，阴霾，还有些许尘埃
无论用怪异的眼神仰望，还是放低视线……
让我如何观赏樱花呢，樱花呢樱花呢
啊，十二点的铃声响了，响了响了
一个接一个地出来了，出来了出来了
巨大的建筑，漆黑的小小的出入口
吹过天空的风中，铃声响着响着便消失了

春日狂想

1

当挚爱的人死去，
我必须杀死自己。

当挚爱的人死去，
除此之外，别无他法。

可即便如此，依然罪业（？）[1]深重，
若想长久地活下去，

应秉持　侍奉之心。
应秉持　侍奉之心。

因为挚爱的人，已经死去，
真真切切，已经死去，

因为无论如何，都无可挽回，
正是为此，正是为此，

必须秉持　侍奉之心。
必须秉持　侍奉之心。

2

即便秉持侍奉之心，
也做不了，特别的事。

于是比以往，更潜心阅读。
于是比以往，更注重礼仪。

以沉稳的步履散步
以虔诚的心编织草帽绳——

简直就像，玩具士兵，
简直就像，每天都是周日。

在神社的向阳处，慢慢走着，

遇到熟识的人，微笑致意，

与买糖的爷爷，成为朋友，
拿豆子喂鸽子，一把把撒着，

若阳光耀眼，便躲到背阴处，
重新认识地面和草木。

苔藓真切地，透着凉意，
不可否认，今天风和日丽。

参拜的人络绎不绝，
我，对一切都毫不生气。

（（人生诚如，一瞬的梦，
像是气球，那样美丽。））

升上天空，光芒闪耀，然后消失——
嗨，今天，心情还好吧。

好久不见，别来无恙。
去找个地方，喝杯茶吧。

虽打起兴致去了茶馆，
可是谈话，总欲言又止。

点燃香烟，郁郁地抽着，
涌来一种不可名状的体悟——

外面真是热闹！
——那么再会吧，代我向夫人问好，

去了国外，请给我来信。
酒的话，还是别喝太多。

马车驶过，电车驶过。
人生诚如，初嫁的新娘。

耀眼，美丽，又微微含羞，
若与之交谈，也会厌烦吗?

尽管如此，心还是会怦然跳动，
人生，诚如，初嫁的新娘。

3

那么诸位，
不必过于欢喜也不必过于悲伤，
端庄地，握个手吧。

也即是说，我们所欠缺的，
是正直，这是我领会的。

好吧，诸位，好吧，我们一起——
端庄地，握个手吧。

① 原文中即有(?)。

蛙声

天空笼罩大地，
地上，偶有一方池塘。
池塘里蛙声响了整晚……
——那是，在为何鸣唱？

那声音，自天上而来，
又要向天上去？
天空笼罩大地，
蛙声在水面疾驰。

纵使此地已分外潮湿，
因着我等疲惫的心，
那支柱仍然，深觉过于枯干，

头昏沉，双肩酸痛。
然而，虽如此，入夜青蛙依然鸣唱，
声音在水面疾驰迫近暗云。

后记

收录于此的，是《山羊之歌》之后发表的大部分作品。最早的创作于大正十四年，最新的创作于昭和十二年。顺便说一下，《山羊之歌》收录的是大正十三年春到昭和五年春的作品。

如果写诗便可称为诗生活的话，我的诗生活已有二十三年。如果从决心以诗歌为本职起才可称为诗生活的话，则已有十五年。

在说长也长、说短也短的这段岁月里，我所感所思颇多。如今哪怕只是想说个概略，稍作思考便会心生寒意。所以，我并不想多说什么。我不过是，自从确信我的个性与诗歌最为契合，就把写诗当作本职工作，这便是我想说的。

现在，我整理了这本诗集的原稿，托付给友人小林秀雄，告别十三年的东京生活，然后回乡归隐。虽没有什么新计划，但终于可以潜心于诗生活了。

那么，此后将会如何呢……每念及此便会陷入无尽的茫然。

别了东京！啊，我的青春！

一九三七·九·二三

附录◎中原中也年表

明治四十年（1907） 出生

- 四月二十九日，出生于山口县吉敷郡下宇野令村。

大正三年（1914） 七岁

- 四月，入下宇野令寻常小学就读。

大正四年（1915） 八岁

- 一月，弟亚郎病亡，首度创作诗歌悼念。

大正七年（1918） 十一岁

- 五月，转入山口师范附属小学。

大正八年（1919） 十二岁

- 开始尝试新体诗歌创作。

大正九年（1920） 十三岁

- 二月，开始向《妇人画报》《防长新闻》等报刊投稿。
- 四月，以第十二名的成绩考入县立山口中学。后因痴迷文学，成绩急剧下降。

大正十一年（1922） 十五岁

- 四月，与友人一同刊印和歌集《末黑野》。

大正十二年（1923） 十六岁

- 三月，在升高中考试中落榜。
- 四月，转入京都立命馆中学复读。期间，对高桥新吉诗集《达达主义者新吉的诗》产生共鸣，开始创作达达主义诗歌，并与被称为“天空诗人”的永井叔交好。
- 十二月，经永井叔介绍，结识年长三岁的剧团女演员长谷川泰子。

大正十三年（1924） 十七岁

- 四月，升入京都立命馆中学四年级。开始与长谷川泰子同居。
- 七月，与东京外语学校学生诗人富永太郎相识。开始受到兰波、魏尔伦等法国象征主义诗人作品影响。
- 是年创作了达达主义诗歌和小说、戏剧若干。

大正十四年（1925） 十八岁

- 三月，与长谷川泰子前往东京。参加早稻田大学预科、日本大学预科升学考试落榜。
- 四月，经富永太郎介绍，结识刚考入东京帝国大学法文专业的小林秀雄。

- 五月，迁居至杉并町高圆寺，临近小林秀雄的居所。期间，小林秀雄与长谷川泰子产生情愫。
- 十一月，富永太郎病逝。不久后，长谷川泰子投奔小林秀雄。之后，三人维持着一种“奇怪的三角关系”。

大正十五年·昭和元年（1926） 十九岁

- 四月，考入日本大学预科班。
- 九月，瞒着家人擅自退学。
- 十一月，进入东京外语学校法文学院学习。
- 是年创作了《晨歌》《临终》。

昭和二年（1927） 二十岁

- 春，与河上彻太郎相识。
- 十二月，经河上彻太郎介绍，结识了苏利耶（SURYA）乐团的灵魂人物诸井三郎，委托其作曲。

昭和三年（1928） 二十一岁

- 一月，结识苏利耶成员内海誓一郎。
- 三月，经小林秀雄介绍，结识大冈升平。
- 同月，父亲谦助胃癌病发。
- 五月，苏利耶第二回发布会上，初次上演由诸井三郎作曲的《临终》和《晨歌》。
- 同月，父亲谦助去世。虽为长子，却因“浪子”名声遭家人避讳，未能参加葬礼。

- 同月，在古谷纲武介绍下，结识雕塑家高田博厚。后经高田博厚介绍，在《生活者》杂志发表十余篇作品。
- 同月，小林秀雄与长谷川泰子分手。中原中也与长谷川泰子继续保持交往。

昭和四年（1929）　二十二岁

- 四月，与河上彻太郎、村井康男、内海誓一郎、阿部六郎、古谷纲武、安原喜弘、大冈升平、富永次郎创办同人杂志《白痴群》。
- 是年开始进行文学翻译。

昭和五年（1930）　二十三岁

- 四月，《白痴群》发行第六期，此后停刊。
- 五月，苏利耶第五回发布会上，上演了由内海誓一郎作曲的《归乡》《消逝的希望》和诸井三郎作曲的《老者》。
- 九月，转入中央大学预科。
- 十二月，长谷川泰子生下一子，父亲是小剧场导演山川幸世，中原中也为其取名茂树。

昭和六年（1931）　二十四岁

- 四月，就读于东京外国语学校专修科法语部。结识高森文夫。

- 九月，弟恰三病逝，年仅十九岁。返乡参加葬礼。

昭和七年（1932） 二十五岁

- 四月，开始编辑整理《山羊之歌》。
- 六月至七月，刊发《山羊之歌》预订通知，报名者仅十余人。
- 九月，在母亲资助下将《山羊之歌》付印。
- 期间，神经衰弱日渐严重。

昭和八年（1933） 二十六岁

- 年初，向坂本睦子求婚被拒。
- 三月，自东京外国语学校毕业。
- 五月，经牧野信一、坂口安吾引介，加入了同人杂志《纪元》。此后，还在《半仙戏》《四季》《文艺》等杂志发表大量作品。
- 十二月，与远亲上野孝子结婚。
- 同月，译作《兰波诗集（学校时代的诗）》由三笠书房出版。

昭和九年（1934） 二十七岁

- 八月，与怀孕的妻子回到山口。拜访高森文夫。潜心翻译和作诗。
- 十月，长子文也出生。
- 十一月，与草野心平结识。经草野牵线，遭多家出版社拒绝的《山羊之歌》终于敲定由文圃堂书店出版。期间，经草野介绍，结识檀一雄、太宰治等。

- 十二月，《山羊之歌》面世，印数 200 册。
- 同月，返回山口探亲，期间专心翻译《兰波全集》。

昭和十年（1935）　二十八岁

- 三月，只身返回东京。与逸见犹吉、高桥新吉、草野心平等人创办《历程》，五月发行第一期。
- 六月，日本歌曲新作发布会上演诸井三郎作曲的《妹妹啊》《春天与婴儿》。
- 十二月，成为《四季》杂志同人。

昭和十一年（1936）　二十九岁

- 六月，译作《兰波诗抄》由山本书店出版。
- 同月，《六月的雨》获文学界奖选外第一名。
- 九月，经亲戚介绍，参加电台（今 NHK）入职面试，未获通过。
- 十一月十日，长子文也因病夭折，年仅两岁。极度悲痛中，写下《文也的一生》《夏夜的博览会怎能不悲伤》《冬日的长门峡》。
- 十二月十五日，次子爱雅出生。

昭和十二年（1937） 三十岁

- 一月，住进千叶县中村古峡疗养所。
- 二月，迁居镰仓。
- 九月，译作《兰波诗集》由野田书店出版。
- 同月，将诗集《往日之歌》原稿誊清，托付给小林秀雄。
- 十月六日，患结核性脑膜炎，入住镰仓疗养所。二十二日，病情恶化离世。葬于故乡山口吉敷。

昭和十三年（1938）

- 一月十二日，次子爱雅因病夭折。
- 四月，遗作《往日之歌》由创元社出版。

译后记

文◎赵甲

中原中也，被称为日本昭和时代的诗坛天才，多年来已成为日本文学史上的耀眼明星。可在我看来，他只是一个寂寞又脆弱的男人。

他的诗，冷峻而又澎湃，热烈而又克制，温暖和美好总是短暂易损，悲伤像寒夜一样孤寂漫长。文言和口语交错，长句和短语交叠，时而有着古时的流风遗韵，时而像梦境中的细语呢喃。

不得不说，他是一个天生的诗人。而他自己，也在《往日之歌》的后记中直言，已经“把写诗当作本职工作”。

在诗中，他表达着对现实的审视和厌倦，更多的则是自怨、自怜还有自傲。他否定现实，也怀疑自己，唯一坚持的便是写诗。诗歌是他的武器、他的铠甲，也是他心中的长刺。他抱得越紧，伤痛越深。

和诸多天才诗人一样，中原中也有着耀眼的才华，但上天只给了他短暂的生命。

中原中也自小聪颖，被视为神童。八岁时，弟弟亚郎的去世，成了他写诗的开端。十三岁时，以名列前茅的成绩考入县立山口中学，随后，却因过度痴迷文学荒废了学业。这个众人眼中的天才少年，开始走向人生的“歧路”。

此后数年，中原中也在各项升学考试中频繁落榜，唯独在诗歌方面的才华日渐显露。十七岁时，他的生命中发生了两件重要的事：爱上了年长他三岁的女演员长谷川泰子，开始倾心于兰波、魏尔伦等法国象征主义诗人。前者成为他一生挂怀的女人，后者则衍生出他穷尽一生的事业。

由此，中原中也一步步成为周围人眼中的“浪子”。一个十几岁便和女人同居的问题少年，学业荒废，每天玩弄一些不知所云的文墨，不是浪子又是什么呢？

十八岁时，中原中也和长谷川泰子开始了东京生活，并结识了小林秀雄。不久后，长谷川泰子投入小林秀雄的怀抱，但三人之间依旧保持着紧密的交往。三年后，长谷川泰子与小林秀雄分手，中原中也依旧与她保持着联系。又过了两年，长谷川泰子与一位导演生下一子，中原中也还为她的孩子取了名字。至于小林秀雄，则一直与中原中也保持着朋友关系。中原中也去世前，将诗稿托付的人正是小林秀雄。

作为旁观者，我们无法得知这种“奇怪的三角关系”的太多细节，但可以肯定的是，长谷川泰子和小林秀雄都是中原中也生命中极为重要的人。如果忽略掉三人之间的情感纠缠，或许我们可以这样来看：长谷川泰子和小林秀雄之于中原中也，恰似他心中的两股魔力，一个叫爱情，一个叫文学，共同拍打着他、撕扯着他，最终获得了奇妙的平衡。

在东京，中原中也迎来创作的高峰，也不断坐实他“浪子”的身份。他先是考入日本大学预科，而后又瞒着家人擅自退学，去了东京外语学校学习法语。他这么做，显然是出于对法国象征主义诗歌的痴迷。此后，他与东京文艺圈诸多人士交往频繁，开始在文学的疆域内纵横驰骋。

二十一岁那年春天，父亲病重去世，他却因为“浪子”的名声，不被家人允许参加葬礼。

何谓伤怀，莫过如此
草根之味侵入鼻翼，
田中土石一同将我凝视。

——以至我无心耕作！
怅然伫立于黄昏，
父亲无端浮现，我便向前一步、两步。

——《黄昏》

此后，在中原中也的生命中，亲人的逝去便成了常见的事。二十四岁，年仅十九岁的弟弟恰三病逝。二十九岁，年仅两岁的长子文也夭亡。三十岁，他迎来了自己的死亡。甚至在他离世后第二年，他刚满一岁的次子爱雅也夭折了。

因此不难理解，年轻的中原中也，为何在诗中经常出现死亡的意象。他比一般的年轻人经历得更多，理解得也更深刻。

我们看到他在故乡的土地上怀念父亲，看到他面对长门峡不休的流水怀念儿子，看到他怀念将麻雀捧在手心的弟弟，看到他站在庭院里，月光明晃晃地照着院子，院子里藏着他死去的孩子……

何谓伤怀，莫过如此。

长门峡，水不停地流。
那一日出奇地冷。

我曾在一处酒肆。
孤独地喝着酒。

除了我，
再无其他客人。

那水，似有魂魄，
不停地流着。

不久蜜柑般的夕阳，
在阑干上洒落。

啊！——也曾有这般时日，

那一日　冷得出奇。

——《冬日的长门峡》

从中原中也的诗中，我们总能感受到这种寒意。来自生活的深处，来自命运的无常，来自自我的无力。人生，何止冷得出奇！

回首中原中也的一生，他是一个失败得很彻底的人。

考试多次落榜，入职面试失败。爱情无疾而终，爱人去了友人的怀抱。求婚被拒，最后娶了一位自己的远亲。

连他自视甚高的文学，也没有在生前给他应有的回报。第一本诗集的征订者，只有寥寥十几人。后来重新出版，印数不过二百册。

直至去世前一个月，他还在感慨，不知以后将会如何，想起来便是无尽的茫然。

我已一无所有

我是赤手空拳

且不为此哀叹

我终将身无一物

——《秋日狂乱》

多少年岁过去
茫然追随汽笛的蒸汽
目光热切内心悲凉
那时的我如今在何方

——《懵懂的歌》

命运似乎在给他打一个漫长的哑谜，他的整个人生都是谜面，谜底留给了他死后的岁月。真是令人唏嘘。

因此，我要说，中原中也是一个寂寞又脆弱的男人。因为他并没有看到光鲜的谜底，他拥有的只有悲怆的谜面。

在翻译的过程中，我一次次地感受到他内心的悸动。他活在梦想和现实的夹缝中，同时受着生活和诗歌的双重鞭笞。他看不懂世人，世人更看不懂他。他背负着内心沉重的负担前行，同时又感到深深的困惑。

我的青春已化为坚硬血管，
　　曼珠沙华和残阳在其中奔流。

——《盲目之秋》

可叹我年少时燃起的希望
　　如今已在黑暗的天空消亡。

——《消逝的希望》

他不知道自己的坚持有没有意义，不知道人世的出口在哪里，甚至不知道自己所要寻找的到底是什么。

就像经过九曲十八弯的河水，流经斑斓的城市、乡村，途径朝日夕月，抵达某处难得的静谧，却突然茫然无措。

世界消失了光，河水无助地流淌。一切沿着曾经的惯性，在黑暗的大地上找寻漫长无期的皈依。

最终抵达的，还是诗。

他所拥有的，只有诗歌。他能抓紧的，也只有诗歌。

诗歌消解着他在现实中的失意，同时也让他越陷越深。他像是抱紧了一只巨兽，在现实的牢笼中横冲直撞，最后遍体鳞伤。

被污浊了的悲伤
无甚希求亦无所祈望
被污浊了的悲伤
在倦怠中梦见死亡

——《被污浊了的悲伤……》

我已经厌倦了巴赫和莫扎特。
也厌倦了那愉悦的、节奏轻浮的爵士乐。
我像雨后阴云下的铁桥一样活着。
积压在我身上的，无论何时都是寂寞。

——《生命之声》

由此，我理解了他最后的茫然，并与他的孤独达成了沉重的共鸣。

由此，我们可以得出结论，从《山羊之歌》到《往日之歌》，恰是中原中也一生的写照，是他生命的绚丽悲歌。

他的一生像烟火一样短暂而寂寞，他的诗歌却像烟花一样，璀璨地存留在日本昭和时代的夜空上。

中原中也也是一名译者，他一生中翻译了大量兰波的作品。正如他所感叹的那样，翻译永远做不到完美，这是“翻译的悲哀”。我深以为然。

鉴于水平有限，在翻译过程中，个中纰漏和自我揣摩在所难免，欢迎指正和交流。

图书在版编目（CIP）数据

山羊之歌：中原中也诗选 /（日）中原中也著 ；赵甲译. -- 南京 ：江苏凤凰文艺出版社，2022. 1（2025. 10 重印）
ISBN 978-7-5594-6387-6

Ⅰ. ①山… Ⅱ. ①中… ②赵… Ⅲ. ①诗集 - 日本 - 现代 Ⅳ. ① I313. 25

中国版本图书馆 CIP 数据核字（2021）第 245952 号

山羊之歌：中原中也诗选

[日] 中原中也 著　　赵甲 译

责任编辑　耿少萍
选题策划　麦书房文化
封面设计　付诗意
责任印制　冯宏霞
出版发行　江苏凤凰文艺出版社
　　　　　南京市中央路 165 号，邮编：210009
网　　址　http://www.jswenyi.com
印　　刷　北京中科印刷有限公司
开　　本　880 毫米 ×1230 毫米　1/32
印　　张　6.5
字　　数　119 千字
版　　次　2022 年 1 月第 1 版
印　　次　2025 年 10 月第 6 次印刷
书　　号　ISBN 978-7-5594-6387-6
定　　价　39.80 元